Coordinación editorial: Paz Barroso
Diseño de cubierta: Gerardo Domínguez, Silvia Pasteris
Diseño de interiores: Silvia Pasteris

© Del texto: Javier Fonseca, 2009
  Ilustraciones: Joaquín González
© Macmillan Iberia, S. A., 2009
  C/ Capitán Haya, 1 - planta 14a. Edificio Eurocentro
  28020 Madrid (ESPAÑA). Teléfono: (+34) 91 524 94 20

www.macmillan-lij.es

Primera edición: marzo, 2009
Segunda edición: diciembre, 2009
Tercera edición: abril, 2011

ISBN: 978-84-7942-349-0
Impreso en China / Printed in China

GRUPO MACMILLAN: www.grupomacmillan.com

Este libro pertenece a:

....

....

Javier Fonseca

EL CASO DE LA BASURA PERFUMADA

Ilustración de Joaquín González

Asesora pedagógica: Fiona Miller

MACMILLAN
Infantil y Juvenil

Para Ángeles, Lucía y Raquel, niñas de mis ojos. Para mis padres. Para Elisa y Paula Secret.
Y para María y Mails, tíos de Clara. J. F.

¡NO ME LLAMES MEDIASUELA!

—¿Estás preparado, Mario? Yo te aviso cuando te toque.

—Vale; pero no te enrolles, Clara, que me aburro.

Mientras Mario colocaba a Fred, el líder de sus **Red Fighters**, en la moto, yo cogí a mis tres **Pinky Girls** y empecé a inventarme la aventura.

—Quedan cuarenta y siete segundos, y las **Pinky** aún no han encontrado la bomba. Kathy, Ellen y Liz están muy nerviosas. Ellen mira la pantalla de su móvil: un puntito de luz se enciende y apaga. Liz y Kathy buscan cerca del lago. De pronto, se quedan paralizadas.

>>¡Fsssss! Se oye en el agua como una aspirina efervescente gigante. Solo quedan seis segundos. Y de repente…

—**¡Bruum!** Llega Fred en su moto acuática –interrumpió Mario empujando la moto hasta mis **Pinky Girls**–, salta al agua, apaga la bomba que está en el fondo del lago…

—¡Oye, Mario, que el juego lo he inventado yo! Tus **Red Fighters** no pueden llegar hasta que mis **Pinky Girls** encuentren la bomba, la desactiven…

—¡Y una porra! Fred encuentra la bomba y tus muñecas están todas por él, *ME-DIA-SUE-LA*.

—¡No me llames así, renacuajo! –grité furiosa dando una patada a la pequeña moto de Fred.

Es que me revienta que me llamen por mi apellido, y menos un renacuajo plasta de siete años y medio. Mario cogió sus cosas y se fue diciendo que no iba a jugar nunca más conmigo. Desde mi habitación oí cómo llamaba a la puerta de enfrente. Parecía muy enfadado porque no soltó el timbre hasta que su madre abrió la puerta. Mejor, yo también estaba enfadada.

Como habrás deducido, Mario es mi vecino. Vivimos en la calle de la Luna, n.º 25. Yo vivo aquí desde hace ocho años, nueve meses y trece días. O sea, desde que nací. Es una casa sin piscina. Tampoco tiene un parque cerca para jugar o para que paseen los perros. Ni siquiera es bonita. Más bien parece triste. Son cinco pisos; el bajo donde vive Cosme, el portero, que no hace más que decir que quiere jubilarse, y un local, que es el quiosco de mis padres. Si miras en los buzones, esto es lo que encontrarás:

> **1.º A   Daniel Barrios, Paula del Canto**

Paula está embarazadísima. Me han prometido que cuando nazca Patricia me dejarán cuidarla algún día.

> **1.º B   Purificación Olavide**

Doña Pura, siempre oliendo a verdura y con cara de espárrago hervido.

> **2.º A   Mateo Poch, Carlota Solnuevo, Mario Poch**

Mario, el renacuajo plasta, y sus padres, Mateo y Carlota. También está Trilo, el perro. Pero no sale en el buzón.

2.° B Bruno Mediasuela,
Pepa Castellón, Clara Mediasuela

Papá, mamá y yo.

3.° A-B Soledad Alegre

Desde que murió su marido, don Serafín, y sus hijos se fueron de casa, no para de suspirar.

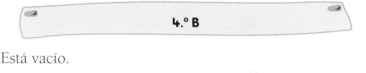

4.° A Tina Ruz

Estudia mucho porque quiere ser juez. A veces le hago algún recado. Me llama "ojos de miel".

4.° B

Está vacío.

5.° Marcelino Vilariño

Es la buhardilla donde viven Marce, el viejo lobo de mar, y su gato John Silver. Yo soy su grumete preferido.

Como ves, Mario es el único niño de la casa. Pero casi no se puede jugar con él. Es demasiado pequeño, y lo soluciona todo con su estúpido Fred, *el Cachas*. Siempre terminamos peleándonos; yo llamándole renacuajo, y él a mí, Mediasuela, que no me negarás que es un apellido horrible. Una Mediasuela puede ser quiosquera como papá, o, como mucho, zapatera. Y yo no pienso ser ninguna de esas cosas. Yo voy a ser detective o agente secreta; todavía no estoy segura. Por eso me llamo Clara Secret y me dedico a solucionar problemas. Aunque a veces también me meto en algún lío. Y no estoy sola: tengo un socio, Uan, que es de Londres.

Pero, claro, esto de cambiar de nombre, ser detective secreta y montar una agencia no es algo que pasa así, de repente. Un día te levantas y dices: a partir de ahora, me llamo Clara Secret y soy detective. No. Para que todo esto le ocurra a una niña de casi nueve años, tiene que pasar algo muy, muy especial…, o algo muy, muy extraño.

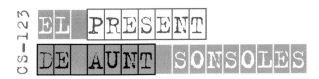

EL PRESENT DE AUNT SONSOLES

En mi caso, todo empezó a finales de julio, cuando **Aunt** Sonsoles volvió de Londres con un regalo.

—Toma, hija —me dijo dándome un paquete con aspecto de caja de zapatos—. Te he traído un regalito de mi viaje a Londres.

—¡Jo, Londres! ¡Ojalá yo fuera a Londres! Seguro que lo has pasado genial.

—¿Genial? ¡Y un jamón! ¿Tú conoces a alguien que hable inglés? Yo no sé cómo pueden entenderse hablando como hablan. No me enteraba de nada.

Es verdad. **Aunt** Sonsoles no tiene ni idea de inglés. De los adultos que yo conozco, salvo Marce, el viejo lobo de mar, y Marta, la **teacher** del colegio, ningún adulto sabe inglés. Hice la prueba con mi padre. Un día le pregunté: **"Dad, what's for dinner?"**. Y, en vez de contarme qué había de cena, me preguntó: "¿Qué dices de una china?". También he saludado muchas veces a Cosme y a los vecinos en el portal: **"Good morning! How are you?"**. Todos ponen la misma cara de sorpresa y siempre contestan: "¡Niña, a mí háblame en cristiano y deja el inglés para el colegio!".

—Y si no sabes inglés, ¿por qué fuiste entonces a Londres? –pregunté a **Aunt** Sonsoles.

—Porque tu tío se empeñó en ir a ver no sé qué partido de fútbol. Y no iba yo a dejarle solo con sus amigotes de la oficina.

Aunt Sonsoles decía esto como si fuera lo más normal del mundo, y mamá le daba la razón asintiendo con la cabeza. Pero yo no entendía nada. Así que seguí preguntando:

—¿Por qué no, tía?

Aunt Sonsoles dejó la taza de café en la mesa y me miró como si le hubiera pedido tres mil euros para golosinas.

—Pues porque… Porque no. Anda, abre el regalo a ver si te gusta. ¡Y no rompas el papel, que es muy bonito y puedes usarlo para envolver otro!

Ya he dicho que el regalo era una caja como de zapatos. Y eso es lo que yo me imaginaba: unos **trainers** supermodernos, con luces en los talones. A lo mejor hasta tenían ruedas para patinar, como los que había visto en la revista de las **Pinky Girls**: "¡Exclusivas **made in England**! ¡Consíguelas e irás **ultra fashion**!". Abrí el paquete con cuidado, pensando "¡Ojalá sean rojas, ojalá sean rojas con las luces verdes!"; destapé la caja… y descubrí que **Aunt** Sonsoles sigue creyendo que soy una cría.

Allí no había zapatillas de deporte, sino ¡un peluche! Un chucho blanco con manchas de color té con leche alrededor de los ojos, en las patas y las orejas. Llevaba un chaleco escocés y una bufanda al cuello roja. En la barriga, una etiqueta decía **"Made in UK"**, y una pegatina redonda con letras marrones, **"Press here!"**.

Apreté la barriga una vez y empezó a sonar una canción con música de villancico:

*One, **two, three.***
Do you want to play with me?

La apreté otra vez y sonó:

*Four, **five, six.***
I like to sing with kids.

Al tercer apretón, el perro ladró:

*Seven, **eight, nine, ten.***
Good bye, friends! That's the end.

Yo miraba a **Aunt** Sonsoles con cara de dibujos animados. ¡Tenía que ser un error! Estaba esperando que en cualquier momento empezara a reírse y me dijera: "¡Huy, qué tonta! Perdona, Clarita, ¡que te he dado el regalo de tu primo Carlos! Toma, aquí tienes esta camiseta de **Buckingham Palace**". Pero no pasó nada de eso. ¡Me había regalado un peluche! Definitivamente, seguía pensando que yo era una cría. ¡Como si no supiera que tengo casi nueve años!

Iba a devolvérselo y a explicarle a qué juegan las niñas de nueve años de hoy día. Por hacerle un favor, para que no volviera a meter la pata. Pero mamá lanzó una de sus miradas paralizantes. No sé si alguna vez te han mirado con ojos que hablan. Es una especialidad de madres y de algunos. Los abren mucho, como si fueran la puerta de una lavadora, y empiezan a brillar. Y sin palabras, te dicen casi siempre que te calles. Esta vez los ojos de mamá brillaron antes de que yo abriera la boca, y dijeron claramente: "¡Ni se te ocurra devolverlo, Clara! Sonríe y da las gracias a tu tía, ¡POR FAVOR!".

Ya quisiera verte a ti ante esa mirada terrorífica que congela la sangre en las venas. Te aseguro que no tuve otra alternativa. Así que, con mi nuevo peluche en los brazos, me acerqué a **Aunt** Sonsoles, le di un **kiss** en la mejilla y dije, mientras salía del salón:

—Thank you, Aunt Sonsoles. I really like it.

Y desde el pasillo oí cómo me gritaba:

—¡Niña! ¡A mí háblame en cristiano y deja el inglés para el colegio!

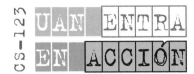

Llegué a mi habitación, me senté en la cama y empecé a apretar la barriga del muñeco, esperando que se estropeara el mecanismo o se acabaran las pilas. Pero solo conseguí aprenderme de memoria su boba canción.

one, two, three.
Do you want to play with me?

Pues la verdad es que no. No quería jugar con un perrito de peluche para bebés.

Four, five, six.
I like to sing with kids.

Yo, desde luego, no quería cantar con él ni con ningún niño esa estúpida canción.

Cuando ya le había dado siete mil apretones en la barriga, el perro, de repente…, ¡empezó a retorcerse y a patalear!

—*Okay, that's enough!* —exclamó enfadado, estirándose el chaleco.

Te lo juro; ahora fui yo quien abrió los ojos como las ventanas de un barco. ¡Aquel muñecajo no solo cantaba una aburrida canción sobre números! ¡Hablaba y se movía! Lo solté sobre la cama y me quedé mirándolo con cara de asombro.

—¡Hala! Pero si dices más cosas.

El perro terminó de arreglarse la ropa, y dijo como si fuera lo más normal del mundo:

—Of course, dear. What's your name?

—I'm Clara Media… Clara. Who are you?

—My name is One two three –dijo muy digno estirando una pata hacia mí–. **But you can call me One** –añadió pronunciando muy despacio U-A-N. Yo le cogí la pata con la mano y le respondí:

—Nice to meet you, Uan!

Uan me contó que venía de **London**, donde vivía en un **department store**, o sea, unos grandes almacenes, rodeado de otros muñecos parecidos: osos, patos, gatos…, incluso un pez, que también cantaban su canción. Por la noche, sin nadie que les apretara en la barriga, hablaban de lo que querían hacer cuando salieran de aquella tienda.

—I wanted to go out, breathe fresh air, run and play football in Hyde Park…

Esa era su ilusión: salir, respirar aire fresco, correr y jugar al fútbol en el parque más famoso de Londres. Al menos hasta que llegó **Aunt** Sonsoles, se puso a apretarle la tripa y decidió comprármelo.

—I was very happy when she bought me. Is there a big park near your house?

—**I'm sorry, Uan.** Por aquí cerca no hay ningún parque. Este barrio es un poco soso. Y más en verano. Ya te darás cuenta, **you'll soon find out**.

Fueron pasando los días y Uan no dejaba de asombrarse. No podía creerse que nadie en casa, ni los vecinos –salvo Marce–, ni el portero, ni papá y mamá, hablasen inglés. Pero lo que más le sorprendía era que todo el mundo tuviera cara de **bulldog** enfadado: gruñendo por el sol, gruñendo por el ruido, gruñendo en el ascensor, gruñendo en la escalera… Gruñendo por todo.

Según Uan, eran los gruñidos y las prisas de los vecinos los que manchaban de humedades las paredes, hacían chirriar el ascensor y daban ese aspecto triste y aburrido a la casa.

Clara, your neighbours are very grumpy...

—Sí, mis vecinos son muy gruñones. Aquí solo viven mayores enfadados que corren a todas partes. Mi único compi es el plasta de Mario, que no para de molestar y jugar con sus **Red Fighters**. Nadie lleva ropa de colores, y en el patio siempre huele a repollo. Es un petardazo. Me gustaría hacer algo para que la casa fuera más divertida, **but I don't know what to do**. Como no pintemos flores de colores en la escalera...

Esa era una idea que ya había pensado muchas veces: pintar en las paredes de la escalera flores, árboles..., con un montón de colores. Iba a preguntar a cada vecino qué le gustaría ver por la mañana al levantarse, o por la tarde al volver a casa, para pintárselo en el descansillo. Pero cuando se lo propuse a papá, descubrí que él también sabe poner esos ojos que congelan la sangre en las venas. Y solo conseguí que me confiscara las témperas durante una semana.

Uan escuchaba esta historia con mucha atención. De vez en cuando se rascaba detrás de la oreja, y, si me callaba, decía: **"Please, go on!"**, para que siguiera contándole.

Cuando terminé e iba a cambiar de tema, vi que estaba hablando solo:

—**Hmmm... Flowers on the walls...**

—¿Qué dices de unas flores, Uan, que no te entiendo?

Entonces levantó la cabeza. Fue la primera vez que vi sus ojos brillar como si en vez de botones fueran dos bolitas de cristal. Y fue la primera de muchas veces que, por culpa de esos ojos, nos metimos en un lío.

—**Good idea!** –exclamó contento–. **Listen! I have a plan...**

Y este fue el inicio de la sociedad Clara Secret-123.

Uan propuso que creásemos un equipo; algo así como una agencia de solución de misterios. Él lo tenía chupado con su nombre inglés; pero no me negarás que Clara Mediasuela no es lo que se dice un nombre serio o misterioso. Así solo se puede llamar una agente secreta de tebeo. Por eso, lo primero que hicimos fue elegir para mí un nombre más misterioso: Clara Secret, "Siiicret", como dice Uan. Después, buscamos también un nombre para el nuevo equipo. Hicimos una lista bastante larga, y no fue fácil ponerse de acuerdo. Tachamos

alguno como **Moon 25** o Incógnito, que sonaban a grupo de música más que a detectives misteriosos. Y tampoco hizo falta discutir para eliminar de nuestra lista Los vigilantes de la Luna (n.º 25) y Los Misteriosos. Uan y yo pensamos que más bien parecían títulos de película.

—¿Qué tal Agencia de alborotos?

—**No, no. It sounds too childish.**

—Es verdad, es muy crío.

Así estuvimos casi una semana. Al final, nos quedamos con dos posibilidades: Agencia Clara Secret, que se me ocurrió a mí; y 123 Investigations, que se le ocurrió a Uan, claro. Y aquí empezó la verdadera discusión:

—¡Clara Secret!

—123!

—¡Clara Secret!

—123!

—…

Después de un buen rato así, cuando estábamos a punto de parecer dos **bulldogs** enfadados y gruñones, apunté los dos nombres juntos: Clara Secret-123.

—¡Suena bien! ¿Verdad, Uan?

—**Yes. It sounds good but...**

—Pero ¿qué? ¡No me digas que vamos a empezar otra vez a pelearnos! ¡Estoy agotada!

—**Yes. I'm very tired too. But Clara Secret-I23 is too long. Could we make it shorter?**

—¿Más corto?

—**What about CS-I23? It sounds professional, doesn't it?**

Cogí mi cuaderno de las **Pinky Girls** y lo escribí en una hoja. La verdad es que sí sonaba muy profesional. Con un lápiz rojo puse en la portada, con letras muy grandes:

CS-123: ARCHIVOS SECRE...

Pero antes de que terminara de escribir, Uan exclamó:

—**Clara, wait a minute!**

—**What's the matter?** Es el cuaderno de archivos secretos de CS-123.

—**Yes, but your parents could find it... and read it.**

No había pensado en eso. Si mis padres leían nuestro cuaderno... podía ser un problema bien gordo para una agencia de detectives profesionales como la nuestra. Los casos de CS-123 tenían que ser secretos. ¡Por eso se guardaban en un archivo secreto! Uan tenía razón.

—**You're right, Uan.**

Estuvimos un rato pensando. Yo mordiendo el lapicero y Uan rascándose tras la oreja. De pronto, dejó de rascarse y sus ojos volvieron a brillar como bombillas muy pequeñas.

—**I've got an idea. We can write in English!**

—**Great!** –exclamé.

Era una idea estupendísima. En inglés no lo entendería nadie. Borré del cuaderno "Archivos Secre…" y puse:

SECRET FILES

Luego, tumbada en la cama, escribí en la primera página:

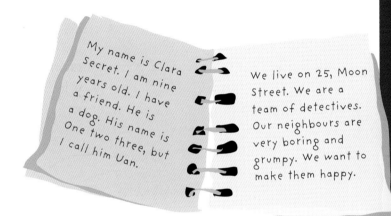

My name is Clara Secret. I am nine years old. I have a friend. He is a dog. His name is One two three, but I call him Uan.

We live on 25, Moon Street. We are a team of detectives. Our neighbours are very boring and grumpy. We want to make them happy.

Y así nació la Agencia CS-123 y su cuaderno de archivos secretos con un objetivo: que los vecinos de la calle de la Luna, n.º 25, dejaran de gruñir en el ascensor por el calor del verano, por el frío en invierno o por los carteles que escribe Cosme, que es verdad que no hay quien los entienda.

Todo esto ocurrió en agosto. Y a finales de mes llegó nuestro primer caso.

UN CASO PARA CS-123

No habíamos salido de vacaciones por algo que suena como una enfermedad terrible. Al menos eso fue lo que yo entendí cuando mamá y papá me contaron que nos quedábamos en casa.

—¿Y es muy grave eso de la *hipoazteca*? ¿Se nos va a caer la casa?

La verdad es que tenían pinta de estar muy preocupados. Parecía que se les iba a escapar la risa de los nervios. Pero pudieron contenerse y me explicaron que era… **a question of money**; o sea, un asunto de dinero, como casi todo lo que preocupa a los adultos.

El caso es que todo empezó a finales de agosto, un lunes por la mañana. Yo estaba sentada en el suelo del quiosco, frente al ventilador, leyendo un tebeo con Uan dormitando a mi lado sobre la mochila. Mamá no paraba de quejarse del calor que hacía, mientras se abanicaba con una revista. En casa solo estábamos nosotros; Carlota y Mateo –Mario estaba en el pueblo con sus abuelos–; Cosme, que tampoco se había ido a ninguna parte, y John Silver, el gato de Marce, que yo me encargaba de cuidar. Parecía que iba a ser otro día aburrido de agosto cuando Mateo se acercó al quiosco:

—¡Hola, Pepa! ¡Hola, Clara! ¿Me dais el periódico y la revista de Mario?

—¿Es que el niño ha vuelto? —dijo mamá buscando la revista de los **Red Fighters**—. ¿No estaba con los abuelos?

—Dices bien: estaba. Volvió ayer porque hoy le quitan la escayola del brazo.

Así que Mario ya había vuelto a casa. Y encima con un brazo escayolado. ¡Jo! Ahora habría que soportarle presumiendo no solo de sus hazañas, sino también de esa herida de guerra. Tenía que enterarme de qué le había ocurrido.

—¿Y qué le pasó? —pregunté—. ¿Se cayó de un árbol?

—¡Qué va! —dijo Mateo riéndose—. Mucho más simple que todo eso: iba a la plaza tomándose un helado cuando una avispa empezó a revolotear a su alrededor. Mario se puso a dar vueltas y manotazos, hasta que la bola de helado se cayó al suelo, la pisó, se resbaló y ¡zas!, trompazo y brazo roto.

¡Vaya! Había sido un simple resbalón. Algo me decía que esa información me iba a ser muy útil.

—Bueno, poco a poco volvemos a estar todos. Daniel y Paula regresan el viernes, como Marce. Doña Soledad y Tina dijeron que el próximo fin de semana, y doña Pura debe de estar al caer. ¿No te has bajado a Trilo? —preguntó mamá.

—Con este calor, el perro no quiere salir de casa. Se pasa el día tumbado en el suelo de la cocina con la lengua fuera.

—¡Mira, Clara, casi como tú! —dijo mamá mientras doblaba el periódico—. Tirada en el suelo y con cara de lunes. ¿Por qué no lees tu revista de las **Pinky Girls**?

—Ya la he leído este fin de semana, mamá. Y hasta el jueves no traen la nueva.

—Pues haz otra cosa, hija; pero quítate de ahí, que estás en medio.

—**I can't.**

—¿Qué dices, niña?

—Que no puedo.

Y era verdad: el quiosco es muy pequeño y siempre está atiborrado de revistas y periódicos que tapan todas las paredes y parte del suelo. Y a finales de verano estaban también los coleccionables de películas, piedras, cascos de soldados, abanicos…, sobre la acera, apoyados en la pared de la calle porque no cabían.

—Oye, Pepa, ¿tú te has fijado en lo mal que huele en el portal? –preguntó Mateo mientras buscaba unas monedas en su bolsillo.

—Sí. Y se lo he dicho a Cosme. Parece que, con este calor, la basura se pudre y huele fatal.

—Pues algo tendremos que hacer.

—Chico, no sé, a mí no se me ocurre nada…

Mateo y mamá siguieron hablando un rato, pero yo ya no escuchaba. Eso de la basura maloliente me estaba dando vueltas en la cabeza. Uan seguía medio dormido cuando me levanté del suelo y, mientras lo metía en la mochila, le susurré al oído:

—Despierta, socio. Creo que tenemos una misión.

Antes de que me contestara, ya estábamos fuera.

—¿Adónde vas, Clara?

—A casa, mamá –dije desde el portal–. Es que acabo de acordarme de que tengo que dar de comer a John Silver, y no he ido a regar las plantas de doña Pura.

—¡Pues dile a tu padre que se dé prisa en bajar! –gritó mamá mientras daba las vueltas a Mateo.

Era verdad que se me había olvidado. Pero los geranios y el gato aún tendrían que esperar, porque en CS-123 teníamos cosas que hacer.

Subí las escaleras a toda velocidad y, al llegar a casa, papá abrió la puerta antes de que llamara al timbre.

—¡Qué pronto subes hoy, Clara! –dijo limpiándose las manos en el delantal–. ¿Ya te has leído a las "*Pindi Fels*"?

—**Pinky... Girls...**, papáá... Mamá dice que te des prisa.

—¡Tú sí que pareces con prisa, que vas con la lengua fuera! Ya que estás aquí, aprovecha para ordenar la habitación, que la tienes hecha un desas...

¡¡¡Pafff!!!

—¡Y no des portazos!

Me subí a la cama y saqué a Uan y el cuaderno **Secret Files** de la mochila. Lo abrí por una página en blanco y escribí:

CS-123 Secret Files: MISSION RUBBISH

—**Mission Rubbish?** –preguntó Uan estirando el cuello para leerlo–. **What is Mission Rubbish?**

—Nuestra primera misión, Uan. ¿No has oído a Mateo y a mamá en el quiosco? Hablaban de lo mal que huele en el portal porque la basura se pudre con el calor. Y se me ha ocurrido una idea para solucionarlo y que todos estén más contentos: vamos a hacer que la basura huela bien.

—**Are you sure?** –me miraba no muy seguro de haberme entendido–. **Rubbish always stinks.**

—La basura apesta siempre… a menos que la perfumemos.

—**Perfume the rubbish?** –se quedó un instante mirando al techo. Sus ojos empezaban a brillar–. **Hmm… That's a great idea! We'll need perfume, a torch, a pair of gloves…**

Me puse a apuntar lo que necesitaríamos para nuestra misión. Uan ya había dicho algunas cosas:

—Y ahora a preparar "El ataque al cuarto de basuras".

Había que hacerlo con cuidado para no olvidar ningún paso.

—La mejor hora es la de la siesta, cuando Cosme se queda dormido sobre su revista de coches y motos. Salimos de casa, cogemos el ascensor…

—**Take the lift? No. It's very noisy** –advirtió Uan.

—Es verdad, mejor bajamos por las escaleras. Cruzaremos el portal con cuidado…

—**Slowly, one step at a time…**

—… Y, paso a paso, llegamos al cuarto de basuras…

—**We open the door, go inside, close the door…**

—Sí, abrimos la puerta, entramos, cerramos la puerta… Y entonces echamos la colonia en los cubos. Después, apagamos la linterna, abrimos la puerta muy despacito…

—... **We go out, close the door, cross the entrance hall carefully...**

—... subimos otra vez por las escaleras y ¡misión cumplida!

El plan era perfecto. Lo habíamos dibujado en el cuaderno con todos los detalles. Solo faltaba esperar el momento oportuno para llevarlo a cabo.

—**Ok, Clara. What time is it?**

—Las doce menos cinco.

—**What time does Cosme have lunch?**

—Come sobre la una y media, como nosotros. Luego lee un poco y se queda sopa.

—**Well, we have an hour and a half to relax before lunch.**

—¿Cómo que "descansar"? Todavía tenemos que dar de comer a **John Silver** y regar las plantas de doña Pura.

Uan me miró con asco. No le gustaba nada el gato.

—**Do you need me? I'm tired.**

—Está bien –suspiré–. Ya me apaño yo sola.

Antes de guardar el cuaderno en la mochila y colgarla en el perchero, subí a Uan a la cama y lo coloqué sobre la almohada. Salí de la habitación y me fui a la buhardilla de Marce.

EL ATAQUE AL RUBBISH ROOM

CS-123

La casa de Marce tenía las persianas bajadas. John Silver me recibió arañando la puerta. Cogí de la cocina una lata de comida y salimos a la terraza. Mientras comía, le cambié la arena y el agua; y, cuando me iba, se coló entre mis piernas y salió por la puerta.

Después, fuimos a buscar a Cosme a la portería y subimos a casa de doña Pura. Aunque llevaba todo el verano fuera, aún olía a verdura cocida. Salí a la terraza y Cosme se quedó en el salón. Mientras yo regaba, John Silver se dedicaba en cuanto me despistaba a su pasatiempo favorito: escarbar en las macetas y ponerlo todo perdido a pesar de mis amenazas. Pero en cuanto oyó la voz de Cosme, se escabulló por la puerta entreabierta.

—¡Demonio de gato! –gritó Cosme cuando vio el estropicio–. ¡Es la última vez que viene a regar con nosotros!

Dejé al portero refunfuñando y barriendo la tierra, y volví a casa a leer en internet de qué iba la próxima revista de las **Pinky Girls**.

Cuando llegó papá del quiosco, desperté a Uan y nos fuimos a la cocina. Mientras comíamos, repasamos el plan:

30

—He cogido colonia **Happy Baby** –le susurré–. Mamá me la ponía cuando era pequeña. Yo creo que ya ni se acuerda de que está en el armario del baño.

—**Great!**

—Vigilamos desde la escalera y, en cuanto Cosme se quede dormido, bajamos.

—**And how do we know he's asleep?**

—¡Está chupado saber cuándo duerme! Solo hay que esperar a oír sus ronquidos.

Después de comer, cuando papá volvió al quiosco, nos encerramos en la habitación a preparar la mochila.

Metimos la lupa con la que mamá miraba su álbum de sellos los domingos por la tarde. Guardamos también los guantes de fregar. Eran un poco grandes, pero no daban tanto calor como los de lana. Y, por supuesto, no nos olvidamos del cuaderno **Secret Files**, cuatro rotuladores, un pañuelo y el frasco de **Happy Baby**.

—**We're ready, Uan. Let's go.**

—**Are you sure?**

—Sí, estoy segura. Tengo la lupa, los guantes, el cuaderno, los rotuladores, el pañuelo y la colonia…

—**Did you get the sunglasses?**

—¡Anda, las gafas de sol! Se me habían olvidado.

Las cogí de la estantería y me las colgué del cuello de la camiseta. Antes de salir, fuimos a la cocina por una botella de agua y cuatro **chocolate biscuits**.

—**Now, we are ready. Off we go!**

Salimos al descansillo sigilosamente y fuimos hacia las escaleras de puntillas. De pronto, oímos algo que sonaba como el rugido de un león en una cueva.

—**Clara, listen! What's that?**

—**Don't worry, Uan. It's Cosme. He's snoring.**

Bajamos muy despacio, parando cada tres peldaños. Cuando quedaban solo nueve, oímos un grito que hizo que nos quedásemos allí mismo paralizados.

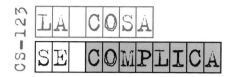

LA COSA SE COMPLICA

—¡Cosmeee! ¡Despierte, que necesito que me ayude!

Cosme salió de la portería frotándose los ojos.

—Ya voy, doña Pura. ¡Hay que ver qué susto me ha dado!

—Ande, vaya al taxi por la maleta, que pesa una barbaridad.

—Espere; voy a sujetar la puerta para que no se cierre. Ya se han acabado las vacaciones, ¿eh? —preguntó Cosme.

—¡Huy, no! —dijo doña Pura—. Me he guardado unos días para septiembre, que es cuando mejor se está en la playa.

Cosme salió a la calle y, arrastrándola, metió en el portal una enorme maleta que no tenía ruedas.

—¡Uf, cómo pesa! Parece que se hubiera traído usted unas cuantas piedras de la sierra.

—No exagere, Cosme. Lo que pasa es que lo he metido todo en una maleta, por comodidad. Ande, pase usted primero. Habrán cuidado bien mis plantas, ¿no? Tengo tantas ganas de verlas…

Mientras todo esto pasaba, mi socio y yo estábamos en las escaleras, casi sin respirar. Cuando la puerta del ascensor se cerró, me levanté, bajé las escaleras de dos en dos y llegué corriendo al cuarto de basuras. La puerta estaba abierta.

—**Be careful! You're running too fast** —me advirtió Uan.

—Hay que darse prisa, Uan. Cosme puede volver a bajar enseguida –dije levantando la tapa del contenedor gris.

Con la mochila colgada de un hombro y sin soltar la tapa, intenté sacar el bote de colonia **Happy Baby**. Y no me preguntes por qué, supongo que serían los nervios o la torpeza típica de detective novata, se me cayeron todas las cosas al suelo.

—**Oh no! Quick, pick it all up.**

—¡Es verdad, hay que recogerlo todo, no podemos dejar nada que nos delate! –susurré buscando a tientas por el suelo hasta que encontré la linterna y la encendí. Recogí los guantes y debajo me encontré algo que no esperaba.

—¿Tú sabes qué es esto? –pregunté a Uan.

—**No, I've never seen it before.**

Era una bolsita de tela verde. Estaba manchada de tierra. La recogí del suelo y algo brillante se cayó.

—**Look, Uan! A treasure!**

—**An earring! A pearl earring!**

Tenía en mi mano un pendiente de oro con una perla casi tan grande como una bola de mi pulsera. Parecía muy auténtico. Dentro de la bolsita verde estaba su pareja. La guardé en la mochila y seguí recogiendo.

—Esto es muy raro, Uan –dije–. ¿Cómo habrán llegado al cuarto de basuras estos pendientes?

—**Yes** –contestó Uan tocándose los bigotes–. **How strange! This is really suspicious...**

Miré a Uan. Sus ojos volvían a brillar como los de una pescadilla.

—¿Sospechoso? ¿Por qué?

—Well it's obvious. Somebody has stolen the earrings...

—¡Ostras, un robo! ¡Por eso estaba la puerta abierta cuando entramos! Seguramente, el ladrón se escondió aquí al ver bajar a doña Pura del taxi, y, aprovechando que Cosme ha dejado el portal abierto, se ha largado y en la huida ha perdido los pendientes.

En mi cabeza saltaban las ideas como burbujas de agua hirviendo. ¡Menudo estreno para CS-123! ¡Una misión y un robo!

"¿De quién serán? –pensé en voz alta–. Con esas perlas tan gordas, parecen de señora mayor…"

Pero Uan me sacó de mis pensamientos para recordarme que teníamos una misión que cumplir.

—**Clara, the rubbish! Hurry up!**

Así que desenrosqué el tapón del bote de colonia y lo vacié dentro del contenedor gris. Después, abrí el amarillo para echar el bote vacío.

Frota la colonia Happy Baby para descubrir cómo huele.

—**Ok! Mission accomplished.**

—No, aún no hemos terminado nuestra misión. Para que sea un éxito total, tenemos que salir de aquí sin que nos vean.

Desde el portal se oía discutir a Cosme y doña Pura en el primero. Decidimos coger el ascensor para que no nos vieran. Y al llegar al segundo, nos abrieron la puerta Mario y sus padres.

El renacuajo iba tan despeinado como siempre, y con las gafas sujetas por una goma a su cabezota. Estaba moreno y llevaba una escayola en el brazo izquierdo que parecía la pared del cole, llena de dibujos y mensajes de todos los colores. Su madre, detrás de él, sujetaba la puerta del ascensor con una mano, y, con la otra, la correa de Trilo.

—¡Hola, Clara! –dijo Mateo desde la puerta de su casa–. ¿De dónde vienes en plena siesta?

Te aseguro que en ese momento pensé que lo de ser detective no era tan divertido. Y lo que no sabía era que las complicaciones no habían hecho más que empezar.

CS-123 UNA AVISPA SUPERCACHAS

—¡Mira, Mario, es tu amiguita Clara! —exclamó Carlota con el mismo tono que si dijera: "¡Mira, hijito, un estupendo pastel de chocolate!"—. ¿Por qué no te quedas con ella mientras papá y yo sacamos a Trilo a hacer pis? Así podéis contaros cómo lo habéis pasado este verano. Después, pasamos a recogerte y nos vamos al médico a que te quite la escayola.

¡Vaya planazo! Aguantar al renacuajo contando lo bien que lo había pasado en el pueblo. Iba a decirles que tenía que hacer un recado urgentísimo, pero Mario ya estaba enseñándome su brazo roto y diciendo:

—No te vas a creer lo que me pasó. La mayor aventura de mi vida.

Conque una aventura, ¿eh? Ese renacuajo no sabía que su padre me había contado lo del helado y la avispa con todas las palabras. A lo mejor era divertido escuchar su versión de los hechos. Seguro que la avispa se convertía en un supercachas, o en un karateca profesional.

Trilo y los padres de Mario montaron en el ascensor. En el primero se oía a Cosme salir de casa de doña Pura y bajar refunfuñando al portal. Y antes de que se cerrara la puerta, Mario ya estaba hablando:

—Yo iba caminando por el paseo con mis amigos, cuando apareció un tío muy cachas con un gorro y un abrigo que...

—¿Con gorro y abrigo en verano? –le corté.

—Es que iba camuflado porque era un ladrón de mochilas internacional que estaba de vacaciones y no quería que lo reconocieran.

¡Lo ves! Te lo dije. La avispa ya se había convertido en un tío cachas, ladrón internacional.

—De pronto –continuó–, salió corriendo y, al pasar por nuestro lado, cogió mi mochila. Yo no la solté y me arrastró por el suelo casi un kilómetro, hasta que me estrelló contra un banco y me rompí el brazo.

Hay que reconocer que el renacuajo tenía imaginación. Yo me estaba aguantando la risa por dentro. Le dejé disfrutar un rato más de su momento de gloria mientras me enseñaba los dibujos que le habían hecho en la escayola. Pero cuando iba a explicarme por tercera vez lo cachas que era el ladrón de mochilas internacional, tuve que pararle los pies sin piedad.

—**What an adventure!** –exclamé.

—¿Qué dices? –Mario me miró como si hablara en chino.

—Que vaya aventura. ¡Y yo que pensaba que me ibas a contar que te resbalaste con un helado porque te perseguía una avispa o algo así!

—¿Quién te lo...? ¿Cómo sabes...?

Se quedó pasmado.

—Bueno –dije–, una detective secreta tiene sus fuentes.

—Pero si no... Si tú...

Yo notaba cómo su cabeza buscaba respuestas a toda velocidad. Parecía que iba a explotar de un momento a otro.

—¡Has hablado con mi padre! –gritó–. ¡Y no me lo has dicho! Eres una…

—Es que quería contrastar su versión de los hechos con la tuya –le respondí yo muy profesional.

—Lo que pasa es que te mueres de envidia de no tener nada que contarme de tu verano superaburrido.

—Pues no ha sido superaburrido. Me he quedado aquí porque tenía un encargo especial.

—¿Ah, sí? –me retó–. ¿Qué encargo?

Ahora sí que estaba en un buen lío. Si le decía algo de la **Mission Rubbish** seguro que se nos pegaría como un moco y adiós misión. Así que me inventé que había venido un amigo de Londres y tenía que enseñarle la ciudad. Sí, ya sé, yo también tengo imaginación. Pero no era mentira del todo: Uan había venido de Londres. Además, ¿no me había intentado engañar él primero?

Seguimos discutiendo un buen rato hasta que empezamos a escuchar voces.

—Oh, no! The neighbours are arguing again –susurró Uan desde la mochila.

—¡Hay lío en el portal! –dijo Mario–. ¡Vamos, Clara!

No hizo falta que me lo repitiera porque ya estaba bajando las escaleras a toda velocidad. Mi olfato de detective me decía que ese jaleo tenía que ver con los olores de la basura.

LOS PERFUMADORES MISTERIOSOS

Antes de llegar al portal nos cruzamos con mamá, que subía por las escaleras.

—¡Menudo jaleo se está montando!

—¿Qué pasa, mamá?

—No lo sé. Solo he visto a Carlota, Mateo y Cosme discutiendo y gritando. He pasado corriendo porque me estaba haciendo pis.

Al llegar al portal, Mario se fue con sus padres. Yo preferí quedarme observando, sentada en el último peldaño de las escaleras, con Uan en las rodillas.

—¡Te digo que es cosa de espíritus, Mateo! ¡Por eso Trilo está tan inquieto y ladra a todas horas! –chillaba Carlota.

—Tranquila, mujer, que si fueran fantasmas olería a azufre.

—¿Y tú qué sabes a qué huelen los fantasmas?

Carlota estaba muy nerviosa. Cosme había ido al cuarto de las basuras. Mario miraba preocupado a sus padres. Pasó un rato hasta que mamá salió del ascensor preguntando:

—Pero ¿se puede saber qué es lo que ha pasado esta vez?

—¡Cuéntalo tú, Mateo, cuéntalo! –dijo Carlota.

—Pues acabábamos de volver de pasear con Trilo, cuando nos hemos dado cuenta de que del cuarto de la basura salía un olor rarísimo.

¡La colonia! Ya lo habían descubierto.

—¡Pues vaya misterio! –dijo mamá–. Ya te he dicho esta mañana que, con el calor, la basura…

—No huele mal, Pepa. Huele raro –subrayó Mateo–. Huele … como a colonia de bebé.

Todos se pusieron a hablar al mismo tiempo. Mamá y Cosme discutían moviendo las manos como molinos de viento.

—**Clara, what's the matter? Why are they cross?** –dijo Uan con cara de sorpresa. No entendía por qué estaban enfadados.

—Jo, yo tampoco entiendo nada. Todo el verano diciendo que la basura huele mal, y mira cómo se ponen ahora porque huele bien. De verdad que a los mayores no hay quien los entienda.

—**They're all shouting again.**

—Es verdad. Ya están gritando otra vez. No hay quien se entere de lo que dicen.

De pronto, Carlota gritó más alto que los demás:

—¡Esto no puede seguir así! ¡Hay que buscar una solución! Estas cosas no pasan en una comunidad seria.

—¿Y alguien tiene alguna idea? –preguntó mamá.

Estuvieron un rato en silencio, con cara de pensar mucho, hasta que Mateo dijo:

—Hay que poner cámaras de vídeo en las escaleras. ¡Y en el ascensor también!

—Yo creo que son espíritus –insistió Carlota. Pegado a ella, a Mario le dio un tembleque–. Deberíamos llamar a una médium. Conozco una que…

—Bueno, me parece que antes de ponernos tan drásticos, podríamos investigar por nuestra cuenta –propuso mamá.

—¡Ja! –exclamó Mateo–. Yo no voy a perder el tiempo. Que investigue Cosme, que para eso es el portero.

Discutieron un rato más, esta vez sin gritar demasiado. Parecían de acuerdo en que Cosme investigara, aunque a él no le hacía mucha gracia. Y cuando iba a quejarse, un grito aterrador nos dejó a todos paralizados.

—¡Socorro! ¡Socorro! ¡Ladrones!

CS-123 EL ROBO

Nos quedamos quietos, como si alguien hubiera apretado al **pause** del DVD. Hasta que se oyó un portazo y otra vez aquel grito:

—¡Ladrones, ladrones!

Era la voz de doña Pura, que bajaba las escaleras con las manos en alto, como si la estuvieran apuntando con una pistola. Pasó a mi lado sin verme y fue a sentarse en la silla de Cosme.

—Pero ¡Pura! —exclamó Carlota—. ¿Qué te pasa?

Doña Pura se había atascado. Solo decía: "¡Mis joyas! ¡Ay, Dios mío! ¡Mis joyas…!". En la escalera, Uan me miraba con sus ojos brillantes. Yo sujeté más fuerte la mochila. No había que ser detective para deducir lo que pasaba.

—¿Te han robado? —preguntó mamá cogiendo a doña Pura de la mano.

—¡Mis pendientes! Estaban guardados…, escondidos… ¡Se los han llevado!

Cosme apareció con un vaso de agua y se lo dio a doña Pura que, cuando iba a beber, cambió de pronto de idea y se lo tiró a la cara.

—¡Aaayyy! —gritó Cosme—. Pero…, pero…

44

Cosme se echó para atrás mientras ella se levantaba como si le hubiera picado una abeja.

—¡Usted tenía las llaves! –le acusó doña Pura agarrándole de la camisa–. ¡Usted ha estado regando mis plantas! ¡Se los ha llevado! ¿Dónde están?

—¡Suéltale, Pura, por Dios! –Mateo intentó que se volviera a sentar en la silla. Mario estaba a su lado, observando alucinado. Sujetaba la correa de Trilo, que se rascaba detrás de la oreja tan pancho.

—**Uan, they're Mrs Pura's earrings!** –susurré en inglés para que nadie nos entendiera–. **We have to give them back to her.**

Me estaba levantando del escalón para devolver los pendientes a doña Pura cuando mi socio me detuvo:

—**Wait a minute! You can't.**

—**Why?**

—**Remember where you found them.**

Vaya, era verdad. No podía explicar que los había encontrado en el cuarto de la basura. Si lo hacía, adiós **Mission Rubbish,** y seguro que me ganaba doble bronca. Pero eso no era lo peor, como me recordó de nuevo Uan:

—**They'll think YOU are the thief. Only you and Cosme water Mrs Pura's flowers.**

Otra vez tenía razón. ¡Yo también regaba las macetas de doña Pura! De momento nadie se acordaba de mí, pero cualquiera podría sospechar. No había otra opción: CS-123 tenía que descubrir quién había robado los pendientes. Y rápido.

Mientras mareaba mi cabeza con estas ideas, en el portal la cosa se había calmado un poco. Mario y su padre habían subido a dejar a Trilo en casa. En cuanto bajaran, se irían al médico con Carlota, que estaba abanicando a doña Pura con la revista de motos de Cosme. Este recogía el agua refunfuñando, sin atreverse a acercarse demasiado a doña Pura, que se había agarrado como una garrapata a la mano de mamá y seguía contando el robo, un poco más tranquila.

—Eran unos pendientes valiosísimos. Un recuerdo de familia —suspiraba—. ¡Ay, Dios mío, que se los han llevado!

—Bueno, Pura. A lo mejor los has puesto en otro sitio —trataba de tranquilizarla mamá—. Si quieres, Clara y yo te acompañamos a casa y los buscamos.

Mamá la ayudó a levantarse y con una mirada me dijo: "¡Arriba! Cógela de la otra mano".

Doña Pura parecía borracha, se dejaba arrastrar repitiendo su cantinela: "Mis pendientes, Dios mío, mis pendientes…".

Montamos las tres en el ascensor y subimos al primero.

Mi cabeza seguía hirviendo. Una cosa estaba clara. Con el lío de los pendientes, parecía que nadie se acordaba de que la basura olía a colonia de niño pequeño.

UN INTERROGATORIO FRUSTRADO

Llegamos a **the scene of the crime**, como dice Uan —o sea, a casa de doña Pura—. Íbamos a entrar, cuando oímos un maullido lastimoso que procedía del piso de arriba. Como nuestra casa le pillaba más cerca que el ático, John Silver había convertido mi cuarto en su residencia de verano. Daba sus paseos por el edificio y, cuando se aburría, subía a casa a reponer fuerzas.

—¡Clara! Sube a abrir la puerta de casa a ese gato antes de que nos la destroce a arañazos —se quejó mamá.

Me fui como un cometa y aproveché para dejar los pendientes en la habitación. Era muy incómodo llevarlos encima mientras hablaba con doña Pura. El gato me siguió y se quedó allí, echado en mi cuarto.

Cuando volví a casa de doña Pura, me abrió mamá. Estaba hirviendo agua en la cocina y doña Pura descansaba en el salón. Tenía los ojos cerrados y movía los labios siseando, como si rezara. Era el momento perfecto para interrogarla.

—**Come on, Clara!** —me animó Uan—. **This is our chance.**

Sí, era nuestra oportunidad. Pero yo sabía que una buena detective no debe empezar un interrogatorio con la pregunta principal. Hay que preparar el terreno e intentar que la

48

interrogada sea la que saque el tema. Pero, claro, eso era la teoría. En cuanto me oyó, doña Pura abrió los ojos y dijo:

—¡Clara, hija! Tú también has estado regando las plantas, ¿verdad?

—Sí, pero...

—Entonces te habrás fijado en qué hacía ese ladrón de Cosme. ¡Quién lo iba a decir! ¡Es increíble! ¡Mi propio portero robándome!

—Doña Pura, Cosme no...

—Porque yo ya sabía que se bebería mi moscatel, como todos los veranos. Pero llevarse las joyas, ¡jamás lo habría imaginado!

Parecía un río desbordado hablando y hablando, preguntando y respondiéndose ella misma. No había manera de interrogarla.

—Eran un recuerdo de familia –continuó, con las manos entrelazadas y balanceándose en su sillón–. ¡Ay, mis pendientes!

Bajó la cabeza y volvió a susurrar como al principio, sin dejar de balancearse. Parecía en trance.

—**Now or never** –me susurró Uan. Tenía razón: era ahora o nunca.

—Doña Pura, Cosme no ha podido...

—¡Cosme! –el nombre del portero la despertó de nuevo–. ¡Ha sido él! Estoy segura. Nadie más ha entrado en esta casa, solo Cosme y...

En ese momento me di cuenta de que tener ojos que hablan no era una característica exclusiva de las madres. Los de doña Pura estaban diciendo claramente que habían encontrado a otra culpable. Te juro que entonces pensé que doña Pura tenía superpoderes y me iba a desintegrar con su mirada capaz de atravesar la ropa. Se levantó del sillón, acercó su cara a medio milímetro de la mía y dijo muy despacito:

—Pues si estás tan segura de que Cosme no los ha robado, solo puede haberlo hecho la otra persona que ha entrado aquí –dos segundos de silencio mortífero–. O sea, tú.

Esos ojos de mala de película habían borrado de la escena del crimen a la detective intrépida. Aparte de echarme a llorar y llamar a mi mamá, no se me ocurría otra cosa que hacer. Y si no lloré no fue por un ataque de dignidad detectivesca, sino porque mi madre apareció antes de que la pudiera llamar. Entró en el salón con una bandeja y dos tazas humeantes justo cuando doña Pura había vuelto a perder los nervios y me zarandeaba diciendo:

—¡Eres su cómplice! Intentas protegerlo porque ese zoquete de Cosme no ha podido hacerlo solo. Pero a mí no me engañáis…

—Pero ¡Pura, por Dios! ¿Qué está pasando aquí? –se asombró mi madre.

—¡No intentes defenderla! –gritaba fuera de sí–. Tu hija es una ladrona de joyas. Ella tiene mis pendientes.

¡Crash! ¡Pum! ¡Clong! La bandeja y las tazas cayeron al suelo. A partir de este momento todo fue muy deprisa. Mamá sujetando a doña Pura; yo avisando a Cosme; Cosme llamando a un médico; el médico que llega y pone una inyección a doña Pura, y doña Pura fuera de juego. La dejamos ya tranquila en la cama, recogimos el estropicio de la bandeja y volvimos a casa.

Mamá no sacó el tema en ningún momento, ni siquiera en la cena, pero yo no podía dejar de pensar en ello. Por la noche soñé que me detenía la policía y que mis padres

El caso de la basura perfumada

cerraban el quiosco los domingos para ir a visitarme a la cárcel. La noticia salía en todos los periódicos: "Clara Secret, la primera detective ladrona de la historia mundial". ¡Menudo comienzo para la agencia!

A mitad de la noche, Uan me despertó.

—**Clara, wake up! You're having a nightmare!**

—¡Uf! Vaya pesadilla. He soñado que me llevaban a la cárcel.

Le conté el sueño y después fui a la cocina a beber agua. Estaba claro que necesitaba solucionar el asunto de los pendientes. Pero no podía devolverlos y decir simplemente que los había encontrado en el portal. Clara Secret tenía que descubrir cómo había ido a parar esa bolsita verde con restos de tierra al cuarto de basuras.

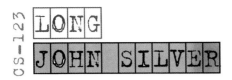

CS-123

LONG JOHN SILVER

Como ves, el trabajo para CS-123 se duplicaba, porque no íbamos a dejar la **Mission Rubbish** a medias. Aunque al principio se habían enfadado un poco, estaba convencida de que perfumando la basura podíamos hacer más felices a los vecinos. El martes estaba todo mucho más calmado, y aunque Cosme y doña Pura seguían sin hablarse, al menos podían coincidir en el portal sin llegar a las manos. No nos fue difícil volver al cuarto de basuras, aprovechando que Cosme había subido un paquete de correo a casa del renacuajo.

Pero la calma fue un espejismo. Para la segunda fase de nuestra misión, elegimos la colonia que **Aunt** Sonsoles regaló a papá hacía tres Navidades y que nunca se había puesto. Y en cuanto lo descubrieron, incomprensiblemente, en vez de la felicidad volvió el alboroto. Cosme no quería que le echaran también las culpas de esto, y se puso especialmente en guardia.

Por eso el miércoles decidimos suspender la visita al cuarto de basuras y nos pasamos todo el día en la habitación. Ni siquiera podíamos quedar con Mario, que pensaba que todo era cosa de fantasmas y no se separaba de su madre.

—**Clara, maybe perfumed rubbish doesn't make people happy.**

—No sé, Uan. A lo mejor podemos dejar la basura de momento, hasta que descubramos al ladrón de los pendientes –dije levantando la almohada y cogiendo la bolsita verde–. Tenemos que devolverlos lo antes posible. Así al menos doña Pura estará feliz.

—**You're right. We must talk to Mrs Pura again** –dijo mi socio.

Unos arañazos en la puerta me hicieron bajar de la cama. Mientras abría a John Silver, contesté a Uan:

—No, el primer interrogatorio fue un desastre. Ni siquiera nos dijo dónde escondía los pendientes. Y yo creo que todavía sospecha un poco. Así que no, no vamos a hablar con ella otra vez. Tendremos que apañárnoslas solos.

El gato entró y se fue a beber agua a su rincón. Yo abrí la bolsita y saqué los pendientes.

—Mira, Uan, tiene restos de tierra oscura.

—**They look like they've been buried** –dijo mi socio acercando el hocico.

—¿Enterrado? ¿Para qué? Y, además, ¿dónde lo iba a enterrar doña Pura en su casa?

De nuevo oímos ruido cerca de la puerta, pero esta vez no tuve que levantarme. Mamá no hizo caso del cartel de **Keep out!**, y entró sin llamar y bastante enfadada.

—¿Está aquí ese maldito gato?

—¡Mamá, no has llamado a la puerta! –dije sentándome sobre los pendientes en el último momento.

—Perdona, Clara, pero estoy buscando a John Silver… Aquí está.

Mientras decía esto, se agachó, cogió al gato del cuello y le miró las patas. Yo aproveché para guardar los pendientes bajo la almohada.

—¡Ajá! –exclamó triunfante–. Te pillé con las patas en la masa.

Miré a mamá. Miré al gato. Miré sus patas. Y no entendía nada.

—¿Qué pasa, mamá?

—Pues que este bicho me ha destrozado las macetas del salón. Y después de dejarlo todo como un campo de batalla, ha venido hasta aquí, dejando un rastro de tierra por el pasillo, a limpiarse tranquilamente sus patitas.

El gato se soltó y, como si la cosa no fuera con él, volvió a su rincón. Yo me quedé mirando a mamá. ¡Había actuado como una detective profesional! Ya sabía de dónde me venía a mí la vocación. A lo mejor, cuando creciera, podíamos montar una agencia juntas: **Clara & Pepa, Family Detectives**. Fue un momento superterno de hija orgullosa que duró hasta que mamá dijo:

—El gato es tu responsabilidad, así que coge el cepillo, ven al salón y a barrer.

Mamá estaba enfadada y con razón. John Silver había tirado tres macetas al suelo y la del ficus estaba medio vacía.

—La verdad —dijo mamá mientras me ayudaba con el recogedor—, parece que Marce le ha puesto este nombre a propósito.

—¿Por qué dices eso, mami?

—Porque Long John Silver es el nombre de un famoso pirata.

—¿Un pirata de verdad? —pregunté dejando de barrer.

—No, Clara —sonrió mi madre—. Es el pirata de un cuento: *La isla del tesoro*. Y vuelve a coger el cepillo, que queda todavía tierra en el suelo.

Yo quería conocer la historia del pirata John Silver, así que me puse de nuevo a barrer y pregunté:

—¿Y qué pasa en ese cuento?

—Pues que, junto a otros piratas, van a una isla y, como el gato, se ponen a cavar buscando un tesoro escondido…

¡Claro! ¿Cómo no se me había ocurrido antes? Si era cierto lo que sospechaba, mi madre era un genio y acababa de descubrir al ladrón de los pendientes de doña Pura. Para comprobarlo, solo tenía que volver a **the scene of the crime**.

CS-123 PIRATES AND EARRINGS

Terminé de barrer a toda velocidad –casi tiro otra maceta–, fui a mi cuarto, metí a Uan y los pendientes en la mochila, y en tres segundos estábamos corriendo escaleras abajo para ir a casa de doña Pura.

—**Is the building on fire?** –exclamó Uan–. **You're runnning like mad!**

—Ni hay fuego ni estoy loca, Uan. Creo que he descubierto al ladrón de los pendientes.

—**Are you sure?**

Llegamos a la puerta de doña Pura y, cuando iba a llamar al timbre, me ladró:

—**Wait a minute!** –me quedé con el dedo en el aire–. **Tell me what you're thinking.**

—Tienes razón, socio. Te diré lo que pienso. Tienes derecho a saberlo antes que doña Pura.

Y le conté la conversación con mamá y la historia del pirata.

—**That's very interesting** –dijo arrugando el hocico–. **Do you think the thief was a pirate?**

—¡No, hombre! ¿Cómo va a ser el ladrón un pirata? No has entendido nada. Vamos a ver. ¿Tú te acuerdas de lo que hacía John Silver cuando veníamos a regar las plantas?

—**Let me think** –dijo Uan cerrando los ojos–. **While we were watering the flowers, he was...**

Uan no pudo terminar la frase porque con tanto parloteo no fue necesario que llamásemos al timbre. Doña Pura abrió de repente y nos dio un susto mortífero.

—¿Se puede saber qué haces aquí? –dijo apuntándonos con su paraguas–. ¡Menudo susto me has dado, Clara! ¿Con quién estabas hablando?

Si le contaba que tenía un perro que hablaba, seguro que entraba de nuevo en crisis. Así que tuve que improvisar mientras metía a mi socio en la mochila.

—Con nadie, doña Pura. Estaba... estaba repasando lo que quería decirle. Quería saber qué tal se encuentra y decirle que yo no...

—Ya sé que tú no te llevaste los pendientes, Clara –su rostro se relajó un poco y bajó el paraguas–. Ayer estaba muy nerviosa y a lo mejor te grité un poco.

¡Bien! Parecía que hoy estaba más dispuesta a colaborar. Había que aprovechar la ocasión.

—¿Y todavía no los ha encontrado? ¿Nadie ha llamado pidiendo una recompensa? –me miró como si estuviera delante de un marciano verde gelatinoso–. Lo digo porque como eran tan valiosos...

—Pues no. La verdad es que son valiosos... sentimentalmente. Eran un recuerdo de familia. ¿Es eso lo que querías preguntarme?

El terreno estaba preparado. Era el momento de la pregunta definitiva. Como si no fuese importante, le pregunté mientras me miraba las uñas distraída:

—No. Yo quería saber si usted había escondido los pendientes en algún sitio especial como, por ejemplo, una maceta.

La boca se le abrió como a una marioneta. ¡Menos mal que tenía el paraguas para apoyarse! Si no, se habría caído de espaldas al suelo.

—Pero…, pero…

No podía decir nada más, aunque tampoco hacía falta. Su cara de helado de vainilla era la prueba de que mis deducciones eran correctas. La acompañé al salón y, cuando se sentó, saqué de mi bolsillo la bolsita de los pendientes y se la di.

—¡Mis pendientes! –dijo soltando el paraguas.

Abrió la bolsita y se los puso en la mano. Estuvo embobada mirándolos un buen rato. De pronto cambió la cara, cogió de nuevo el paraguas y apuntándome con él me dijo:

—¿Los habías cogido tú?

¡Otra vez! Antes de que llegara a la conclusión de que yo era la ladrona, empecé a contarle lo que había ocurrido con mi mejor tono profesional:

—No, no. Los pendientes los encontré detrás de la jardinera del portal —no podía decir que estaban en el cuarto de basuras—. Y ni Cosme ni yo se los hemos quitado. Ha sido John Silver.

—¿El gato de Marce? –**¡Plas!** El paraguas de nuevo al suelo–. ¿Qué tiene que ver el gato con esto?

Doña Pura empezaba a liarse. Me estaba pasando con eso de dosificar la información. Así que me levanté para alejarme un poco de su paraguas amenazante y decidí ir al grano.

—Cuando encontré los pendientes, pensé en devolvérselos. Pero luego me di cuenta de que, si lo hacía, podían pensar que yo era una ladrona arrepentida. Así que decidí investigar para encontrar al culpable —yo me paseaba por el salón con las manos a la espalda, como un profesor vigilando un examen—. Solo tenía una pista. En la bolsita había restos de tierra, y eso quería decir que había estado enterrada en algún sitio. Pero ¿dónde?

Doña Pura miró la bolsa de los pendientes y sacudió la tierra que quedaba con dos dedos. Después, sin soltar el paraguas, me miró esperando que siguiera con la historia.

—No tenía ni idea hasta que hoy John Silver ha organizado un estropicio con las macetas de mamá. Cuando ha entrado en mi habitación con las patas manchadas de tierra, y mamá me ha explicado lo que había hecho, me he acordado de que siempre que Cosme y yo veníamos a regar, él se colaba también y se dedicaba a escarbar y volcar las plantas. Y entonces he pensado que, si los pendientes estaban enterrados en una de sus macetas, él era sin duda el ladrón que estábamos buscando. Por eso he bajado corriendo a comprobarlo.

¿Has tenido alguna vez la suerte de que en un examen te haya caído justo la pregunta que mejor sabías? Pues si multiplicas por doscientas mil esa sensación, puedes hacerte una idea de lo que yo sentía en ese momento. ¡Éxito total! ¡CS-123 resolvía su primer caso!

Lo mejor es que doña Pura me dio una recompensa y setecientos besos y achuchones, que soporté con la profesionalidad que me caracteriza.

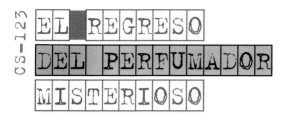

EL REGRESO DEL PERFUMADOR MISTERIOSO

Esa misma tarde, doña Pura contó a todos lo que había pasado, y me convertí en la estrella del vecindario. Mario me miraba con envidia. Comparada con mi aventura, la del ladrón de mochilas rompebrazos no era nada emocionante. Mis padres me prometieron que me invitarían al cine a ver la peli de las **Pinky Girls** antes de que acabara el verano. Y Cosme me sonreía agradecido porque doña Pura había vuelto a confiar en él.

Disfrutar del éxito profesional era genial, pero no podía relajarme. CS-123 aún tenía una misión a medias. No había olvidado que la felicidad de mis vecinos podía depender de que Uan y yo siguiéramos perfumando la basura. Y ahora que Cosme no tenía que buscar a ningún ladrón, y yo contaba con la experiencia de un caso resuelto, seguro que la **Mission Rubbish** sería coser y cantar.

Así que, después de una tarde disfrutando de mi fama, el jueves por la mañana retomamos el caso de la basura perfumada.

Salvo el obligado parón del miércoles, habíamos llevado a cabo el plan según lo previsto.

Todo estaba apuntado en el cuaderno:

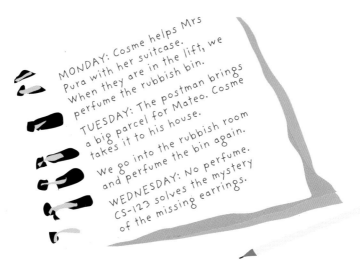

MONDAY: Cosme helps Mrs Pura with her suitcase. When they are in the lift, we perfume the rubbish bin.
TUESDAY: The postman brings a big parcel for Mateo. Cosme takes it to his house. We go into the rubbish room and perfume the bin again.
WEDNESDAY: No perfume. CS-123 solves the mystery of the missing earrings.

Como consta en nuestro archivo secreto, aprovechábamos las salidas y los despistes de Cosme para actuar: cuando llevó la maleta de doña Pura, al subirle un paquete de correos a Mateo… Y para dar esquinazo al plasta de Mario, contábamos con que su madre le obligaba a pasar la siesta haciendo deberes.

El jueves a la hora de comer estábamos en la cocina Uan, papá y yo. Papá me había servido el gazpacho –que odio– y abría el correo sentado a mi lado.

—¡Otra carta del Ayuntamiento! –se quejó.

Yo hacía cascadas con la cuchara, salpicando la mesa. Unas gotas cayeron sobre la carta que papá estaba leyendo.

—¡Clara, deja de jugar y cómete el gazpacho!

—¡Jo, papá! –contesté mientras peinaba a Uan con el tenedor–. Es que está muy frío.

—¡Cómetelo y deja de jugar con Guan!

—¡Se llama Uan!

—Como sea. ¡Date prisa!

—¡Es que sabe mucho a tomate!

—Mira –dijo papá doblando la carta y levantándose de la mesa–, yo me voy. Que suba tu madre a pelearse contigo.

Finalmente, pasé el suplicio del gazpacho sin que mamá tuviera que intervenir. Y luego, a solas con Uan, revisé la mochila y bajamos al portal para volver a actuar.

—Uan –le conté por las escaleras–, esta tarde vamos a echar **Fresh Water**, la colonia que venía hoy en la revista de las **Pinky Girls**. Dice que huele a **Caribbean Beach**.

Frota la colonia Fresh Water para descubrir cómo huele.

En el portal, Cosme roncaba sobre su revista de motos y coches. Pudimos abrir sin problemas el cuarto de basuras y entrar.

—It's very dark.

—Wait a minute, Uan.

Me puse los guantes y encendí la linterna...

—Ya está. Ha sido una suerte encontrar esta colonia –dije mientras abría el bote–. ¿Tú sabes a qué huelen las playas del Caribe?

—No idea! Banana?

Antes de vaciarlo en el contenedor, me lo acerqué a la nariz. Inmediatamente, me di cuenta de que debía de ser alérgica a las playas del Caribe, porque unas cosquillas me subieron desde la punta de la nariz, y empecé a moverla como un conejo y a agitar las manos como si intentara volar, hasta que de pronto:

¡Achís!

Y lo que salió volando fue el frasco de **Fresh Water**.

—¡Achís!

—Clara, stop it!

—No puedo, esta colonia me hace estornu… ¡Achís!

—Oh no! Put the lid on right now!

No me dio tiempo a ponerle el tapón. Con el primer estornudo, oímos a Cosme moverse; con el segundo, dar un bufido. Y con el tercero, se despertó del todo, se levantó y vino arrastrando los pies hacia el cuarto de basuras.

—Cosme has woken up! He's coming this way –Uan me avisó con voz de pánico que Cosme ya estaba despierto y venía hacia aquí.

—We've had it! –dije convencida de que la habíamos liado. Apreté muy fuerte a Uan. Cosme nos iba a encontrar–. **He's going to find us!**

Cosme se acercaba refunfuñando:

—Es que ya ni siquiera se puede descansar un poquito en la siesta. ¡Qué ganas tengo de jubilarme!

Estábamos atrapados. Necesitábamos una solución de urgencia. Cosme ya había puesto la mano sobre el pomo cuando me levanté del suelo, abrí la tapa del contenedor y tiré dentro a Uan.

—**shhhh!** –dije poniendo un dedo en los labios–. **I've got an idea.**

—**Poo! It smells awful!** –Uan movía los brazos nadando entre bolsas apestosas.

—**Be quiet, Uan** –lo mandé callar con voz firme.

Clic, clac. Se abrió la puerta y entraron Cosme y sus refunfuños.

—Pero, bueno, Clara. ¿Qué estás haciendo aquí?

—Es que creo que mi pa… dre me ha tirado un muñeco a la ba… sura sin querer y estoy bus… cándolo –dije inclinada sobre el contenedor–. ¿Me ayudas?

—¿Un muñeco? –Cosme se rascaba la cabeza–. Aquí pasa algo raro. ¿No hueles a colonia?

El frasco de colonia **Fresh Water** debía de haberse caído detrás de los contenedores y el cuarto de basuras empezaba a oler a playas del Caribe. De repente, Cosme dejó de rascarse.

—Oye, ¿no tendrás tú nada que ver con el lío de la basura perfumada?

Entre el esfuerzo y el susto, se me puso la cara como una amapola. ¡Menos mal que tenía medio cuerpo dentro del contenedor y Cosme no me veía!

—¿Yo? ¡Nooo!

Y de pronto sonó una canción:

—¡Lo he encontrado! ¡Aquí está! –dije saliendo del contenedor.

—¡Puaj, qué asco! –dijo Cosme al verlo.

Y la verdad es que sí que estaba hecho un asco el pobre Uan. Una monda de patata se le había enredado al cuello y tapaba su bufanda. Y tenía muchas manchas de colores: Amarillo Huevo, Negro Tinta De Calamar y Verde Marciano. ¡Y lo peor es que olía fatal!

Frota a Uan para descubrir cómo huele.
¡Ojo, te pueden entrar ganas de vomitar!

—Pues me voy a limpiarlo. ¡Adiós, Cosme!

Y me fui pitando hacia la escalera mientras Cosme decía:

—Pero ¡qué ganas tengo de jubilarme!

CS-123

¡POR LOS PELOS!

Entramos en casa a toda prisa y fuimos directos al baño. Senté a Uan en el bidé y cogí unas toallitas perfumadas y un frasco de colonia.

—¡Estate quieto, que no puedo limpiarte bien!

—**That was a brilliant idea!** –Uan me recriminó con ironía sin parar de rascarse por todo el cuerpo–. **Look! I'm filthy!**

—Sí, pero no nos han pillado.

Menos mal que pensé rápido. ¡Habían estado a punto de descubrirnos! El pobre Uan se había llevado la peor parte. Tenía el chaleco lleno de manchas, y en las patas, trocitos de cáscara de huevo. Yo le limpiaba con las toallitas, pero seguía oliendo fatal.

—Me parece que voy a tener que bañarte.

—**What?** –Uan estiró el cuello–. **I don't want to have a bath.**

—Te tengo que bañar, Uan, hueles fatal –dije llenando el lavabo de agua y echando un buen chorro de jabón.

—**No, please! I hate water** –dijo agarrando mi camiseta.

Removí el agua con la mano y la espuma creció como una magdalena. Metí una esponja y, después de escurrirla bien, me puse a lavar a Uan con mucho cuidado. Parecía un náu-

frago, remojado y con los pelos pegados a la cara, pero ya no olía tan mal. Cuando terminé, lo envolví en una toalla, cogí el secador de pelo y un peine. Poco a poco, empezaba a parecerse de nuevo a un perro sabueso. Al final, abrí mi colonia Pizcas y le perfumé el chaleco y detrás de las orejas.

—Ya está. Has quedado como nuevo.

—**Yeuk! This perfume is for girls.**

—Pues será un perfume de niñas, pero huele mejor que la basura que traías. Y es el que vamos a usar mañana.

Al oír esto, alzó la cabeza y me miró.

—**Tomorrow? Are you wanting to carry on with the plan?**

—Claro. ¿Tú no quieres seguir con el plan? ¡No me digas que te has asustado!

—**No, but I don't think Mission Rubbish is the best way to make people happy...**

Realmente, con la **Mission Rubbish** no habíamos conseguido que los vecinos estuvieran más felices. Por eso no era una mala idea pensar en otras formas de hacerlo. Si el perfume en la basura no funcionaba, podíamos retomar la idea de pintar el portal, o meter trozos de canciones de amor por debajo de las puertas, o chocolate en los buzones... Pero, antes, había que terminar con lo que habíamos empezado. No podíamos dejar nuestro primer caso sin cerrar. ¡Menudo comienzo para la agencia! Eso es lo que pensaba y así se lo dije a Uan.

—**Well, but maybe Cosme is suspicious** –me contestó estirándose el chaleco–. **The time has come to end Mission Rubbish. Don't you agree?**

—Pero ¡si Cosme no se entera de nada! Se ha quedado convencido de que solo estaba buscándote entre la basura. Seguro que si bajamos ahora mismo, está durmiendo otra vez.

Uan no lo tenía nada claro. Lo único que sabía era que no estaba dispuesto a acabar otra vez buceando entre porquería. Salimos del baño y nos fuimos a la habitación.

—**What day is it today?** –preguntó.

—**It's Thursday the 30th of August** –respondí mientras me sentaba en la cama–. **Why?**

Sentado junto a mí, Uan se lamió una pata.

—**Mrs Pura is at home** –dijo–. **Marce, Daniel and Paula are coming back tomorrow. It's too risky to continue.**

Refunfuñando un poco, tuve que reconocer que no había pensado en eso. Tenía razón. A pesar de la complicación de los pendientes, con casi todos los vecinos de vacaciones, y hasta el estornudo de esa mañana, la misión había ido bien. Pero se acababa el mes de agosto, y, con todos de vuelta, sería más difícil bajar y encontrar el portal vacío.

—Pero no podemos terminar así, de repente. Hala, ya no bajamos y se acabó. Hay que cerrar la misión del todo.

—**Ok** –reconoció Uan–. **Have you got any ideas?**

HOW TO FINISH THE MISSION

Después de pensar un buen rato, solo pudimos apuntar en el cuaderno **Secret Files** cuatro posibles soluciones, pero ninguna nos convencía y las tachamos todas.

•Lock the rubbish room and hide the key
(Pero ¡si no tiene llave!)
•Write a note and stick it on the door: NO rubbish until 8:00 pm.
(Y entonces apestaría en las casas.)

HOW TO FINISH THE MISSION

•Put another note on the door with a picture of Uan: DANGEROUS DOG.
(¡Y quién se cree que vas a morder a alguien con esa cara de trapo!)
•Convince Cosme that the thief has got away.
(No tenemos pruebas.)

Decidimos merendar y recuperar energías. Fuimos a la cocina. Me hice **a cheese and ham sandwich** y cogí **an apple** del frutero. A su lado había tres cartas. Una era del banco, otra parecía propaganda. La tercera estaba abierta y tenía unas gotitas de gazpacho en el sobre. Dejé el sándwich encima de la mesa y cogí el sobre. Arriba a la derecha, en color azul, estaba el escudo de la ciudad. Por detrás, también escrito en azul, el nombre de quien mandaba la carta.

—"Gerencia Municipal de Urbanismo" –leí–. Siempre que nos escribe "Urbanismo" es por algo del quiosco. Debe de ser el jefe de los quiosqueros en el Ayuntamiento.

¿No os ha pasado nunca que os llega una idea al cerebro cuando no estáis pensando en nada? ¿O que lleváis mil días queriendo recordar un nombre y cuando ya ni os acordáis os viene a la memoria? Pues eso fue lo que me pasó a mí cuando cogí esa carta. Y por la cara que puso Uan debí quedarme pasmada.

—**What's the matter, Clara? You look surprised.**

—… El jefe de los quiosqueros… –pensaba en voz alta–. Si en el Ayuntamiento hay un jefe de los quiosqueros, seguro que también hay uno de los basureros…

—**I don't understand a word you're saying.**

—Creo que sé cómo podemos poner fin a esta misión.

—**Do you know how to end the mission?** –preguntó Uan sin creérselo del todo–. **Ok, what's your idea?**

—Es muy fácil –dije–. Vamos a hacer que el Ayuntamiento escriba una carta diciendo que han hecho un experimento con las basuras porque la gente se quejaba de que olían muy mal.

—**But, how can we do that?** –preguntó extrañado Uan.

—¿Cómo lo hacemos? Espera y verás.

Estaba entusiasmada. ¡Era una idea perfecta! Agarré a Uan del chaleco, salimos de la cocina y nos fuimos al ordenador.

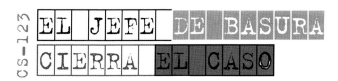

EL JEFE DE BASURA CIERRA EL CASO

Cuando nos conectamos, abrí el buscador y tecleé "Ayuntamiento Gerencia Municipal del Jefe de Basureros". Después de navegar un rato, había conseguido el escudo de la ciudad en el mismo color azul que el de la carta. Pero del Jefe de Basureros, ni rastro.

—¡Qué raro! A lo mejor es que le da vergüenza y por eso no quiere que le pongan como Jefe.

Finalmente, encontré un "Departamento de Promoción del Reciclaje y Gestión de Residuos".

—Este puede servir. Ahora solo falta escribir la carta.

—**Ok, let's write the letter!** –Uan puso voz de Jefe de Ayuntamiento–: **Dear neighbours, I am the Rubbish Boss of the Town Hall. My name is Mister Brik.**

—¿*Mister* Brik? –pregunté soltando el ratón–. Pero, Uan, que estamos en España. Tiene que ser un nombre español que suene importante, a Jefe, como don Tomás, el director del colegio.

—**¿Tomás Brik?**

—Mmmmm… Eso suena bien.

Así que don Tomás Brik, Jefe de Basuras, Residuos y Reciclaje del Ayuntamiento, escribió una carta a la Comunidad

73

de Vecinos de la calle de la Luna, n.º 25, explicando el porqué de las basuras perfumadas.

Queridos vecinos:

Soy el Jefe de Basuras, Residuos y Reciclaje del Ayuntamiento. Me llamo don Tomás Brik. Como todo el mundo se quejaba de que las basuras olían mal por el calor, hemos hecho un experimento. Los basureros se llevaban las bolsas de basura y después echaban colonia. Por eso, durante esta semana, vuestro contenedor ha olido tan bien.

Hoy íbamos a poner colonia Pizcas, que es la que más me gusta a mí. Pero como os habéis enfadado tanto, pues ya no ponemos más.

Adiós.

Don Tomás Brik

Firmé encima del nombre con mi rotulador negro extrafino. Después doblé el folio en tres partes, lo guardé en la mochila con un rollo de papel celo y, con Uan debajo de un brazo, salí de casa.

En el portal no había nadie. Así que pude colgar el cartel en el tablón de anuncios, y me fui al quiosco. Papá y mamá estaban hablando con Marce, que acababa de llegar de vacaciones. Tenía su gorra puesta y llevaba la pipa apagada en la boca. Estaba moreno y seguro que no se había arreglado la barba ni un solo día. Parecía más lobo de mar que nunca.

—¡Hola, capitán! –dije sonriendo–. ¿Cómo ha ido la travesía?

—¡Hola, grumete! Tus padres me estaban contando que eres una experta detective. ¡En menudo lío os ha metido el viejo John Silver! Este gato no se olvida de su pasado de buscador de tesoros.

¡John Silver, buscador de tesoros! Eso significaba que entonces... Me quedé patidifusa. ¿Cómo no lo había sospechado antes? Con esa pipa siempre apagada, los brazos tatuados en todos los idiomas del mundo, la barba... Todo encajaba. Incluso esos ojos misteriosos que casi no se veían entre las arrugas de la cara eran una prueba de que... ¡Marce era un pirata!

Se me debió de quedar cara de lela total, porque de repente Marce se echó a reír.

—¡Tranquila, grumete! –dijo alborotándome el pelo–. Ni John Silver ni yo somos piratas. Lo que pasa es que a este gato le encanta llevarse cosas. En el barco, cuando algo se nos perdía, el primer sitio en que buscábamos era su rincón. Y cuando los días en alta mar se hacían largos, jugábamos a esconder cualquier objeto que le gustaba y apostábamos cuánto tiempo tardaría en encontrarlo.

No sé tú, pero yo no me lo creí del todo. Era mucho más emocionante pensar que tenía un vecino ex pirata. Ahora que **Mission Rubbish** estaba cerrada, seguro que CS-123 podría investigar en su pasado.

—Como ves, la historia tiene poco misterio. Aunque para misterio, la historia de las basuras que me contaban tus padres, ¿eh? –dijo Marce guiñándome un ojo.

Mientras hablábamos, me puse a amontonar periódicos hasta que, de pronto, Cosme salió del portal agitando en su mano una hoja de papel.

—¡Ya está, ya está! –gritaba.

—¿Qué pasa, Cosme? –preguntó mamá.

—La basura..., el Ayuntamiento..., una prueba..., el perfume... –estaba tan contento que no era capaz de ordenar las palabras.

—¿Vosotros entendéis lo que está diciendo? –preguntó Marce.

—Se acabó el misterio –dijo Cosme–. ¡Era un experimento del Ayuntamiento!

Y les dio la carta. La leyeron la primera vez y se miraron a la cara. La leyeron la segunda y miraron a Cosme. La leyeron una vez más y me miraron a mí.

Marce se dio la vuelta y se puso a hojear los periódicos. Mis padres empezaron a hablar al mismo tiempo, perfectamente sincronizados. Es otra de esas cosas misteriosas que solo saben hacer los padres y que da casi miedo.

—Claro, del Ayuntamiento –dijeron sin dejar de mirarme.

—Y por culpa de todos ustedes –dijo Cosme estirando un dedo acusador–, don Tomás ha decidido que ya no hay más

perfume. ¡Si ya les decía yo que no había de qué preocuparse! Voy a contárselo inmediatamente a doña Carlota y a don Mateo. ¡Con lo bien que olía la basura! –suspiró.

Cogió la carta de las manos de mamá y se fue. Yo intenté aprovechar para huir, y cuando iba a entrar en el portal, me lanzaron sus palabras paralizadoras por la espalda.

—¿Don Tomás Brik, Jefe de Basuras? –dijo papá.

—¿Colonia Pizcas que es la que más me gusta a mí? –preguntó mamá.

—¡Claraaa! –gritaron los dos.